AF246814

Le Fouet.

*

SATIRES PARISIENNES,

Par A. P.

*

LES VOITURES.

PARIS,

AU DÉPOT DES PUBLICATIONS NOUVELLES,

35, BOULEVARD BONNE-NOUVELLE EN FACE LE GYMNASE.

ET CHEZ LES PRINCIPAUX MARCHANDS DE NOUVEAUTÉS.

1836.

SOUS PRESSE :

La Place du Châtelet, ou une vente par autorité de Justice.

———

POUR PARAITRE SUCCESSIVEMENT :

Une Messe à Saint-Roch.

Le Charlatan.

PARIS.—IMPRIMERIE DE BOURGOGNE ET MARTINET,
rue du Colombier, 30.

LE FOUÉT.

SATIRES PARISIENNES.

Satires de Paris.

————•————

Paris, de tes abus je veux tracer l'image,

Et frapper, si je puis, d'un mordant persiflage,

Le fat qui dans ton sein se pavane en chantant,

Le fou qui se croit sage et fait l'homme important,

La prude, la dévote, aussi le petit maître,

Le bel esprit, que Dieu, pour nos péchés, fit naître.

Le pédant orgueilleux qui parle avec hauteur,

Le bourgeois parvenu qui se croit grand seigneur.

Quoique bien jeune encor, quoique toute nouvelle,

De l'opprimé ma muse entreprend la querelle.

Employant la critique et son mordant poison,

Je veux montrer à nu l'honnête et le fripon..

Jusque dans son réduit j'attaquerai le crime,

Et ferai voir à tous les maux de sa victime.

Mon fouet bien acéré frappera l'orgueilleux,

Le prêtre sans pudeur, le riche ambitieux.

Avec les grands du jour sans crainte j'entre en lice,

Sous ses habits dorés je montrerai le vice.

La ville et le palais me verront tour à tour

Signaler un abus et montrer tout à jour.

Respectant Némésis et sa noble critique,

Je laisse de côté la haute politique;

Car ma muse timide et redoutant l'éclat

N'aime pas s'occuper des affaires d'État !

I

LES VOITURES.

*

Maudit sois-tu, Paris, ainsi que la cohue,
Qui toujours en ton sein se tourne, se remue.
Maudits soient tes palais, tes monuments divers,
Dont la magnificence a frappé l'univers.

*

Maudit soit ton renom ; car, sans lui, de ma ville
Je n'aurais point quitté le séjour si tranquille ;
Non, non, je n'aurais pas si souvent en un jour,
Failli du noir Pluton aborder le séjour !
Mon pied n'eût point souillé tes immenses pavés,
Du sang de tes enfants tant de fois abreuvés ;
Et, toujours ébloui par tes trompeurs éclats,
Je t'aurais admiré, ne te connaissant pas.
O Boileau ! de ton temps trop fameux satirique,
Toi qui fis de Paris la mordante critique,
(Je le vois maintenant, on se plaint bien à tort),
Contre de légers bruits tu t'emportais trop fort ;
Tu murmurais en vain de quelques équipages.
Va ! les fous de ton temps seraient pour nous des sages.
Ces maux dont tu te plains ne sont que des riens,
Et ces maux aujourd'hui nous sembleraient des biens.

Mais de notre Paris écoute la peinture,
Et tu seras charmé, d'avance je t'assure,
D'avoir vécu d'un temps où barons et marquis
Allaient bien plus à pied que nos simples commis.
De nos fiacres anciens le nombre redoutable
Était déjà trop grand pour être supportable !

Amateur du nouveau, le volage Français
Emprunte une voiture à son voisin l'Anglais,
Et le cabriolet parmi nous prend sa place :
On admire sa forme, et sa coupe et sa grâce :
Comme la nouveauté fait toujours son effet,
Bientôt on ne veut plus que le cabriolet.
Non content de cela, comme un grand personnage,
Le plus petit bourgeois veut rouler équipage;
Par les chevaux d'un prince éclaboussé long-temps,
Il désire à son tour abîmer les passants.
Enivré du plaisir de parcourir la rue,
Comme un duc, un seigneur, il blesse, écrase, tue;
Enfants, femmes, vieillards, tout ce qu'il trouve, enfin;
Tout ce que le malheur a mis sur son chemin !

   .   .   .   .

   .   .   .   .

Mais cela n'était rien; avec un peu d'étude,
De la légèreté pratiquant l'habitude,
Par un bond, par un saut, par un détour encor,
On pouvait éviter ou la boue ou la mort.
Fiacres, cabriolets, équipages, charrettes,
Laissaient pour les piétons quelques places de nettes.

Mais aujourd'hui, grand Dieu, peut-on faire un seul pas
Sans être éclaboussé, meurtri, froissé? Non pas;
Et, pour s'en garantir, un sauteur très habile
Prendrait, j'en suis certain, une peine inutile.

Si quelquefois je veux, un matin par hasard,
Pour me distraire un peu gagner le boulevard,
Quoiqu'à deux pas des lieux où s'arrête ma course,
Je n'y puis parvenir sans que l'on m'éclabousse,
Et suis encore heureux quand des chevaux maudits
Ne me font pas laisser ma chair et mes habits.
Je me trouve entouré de toutes les manières :
Ici sont les coucous, les dures tapissières,
La diligence énorme allant avec grand bruit,
Édifice mouvant qu'un postillon conduit;
Là, d'immenses haquets me barrent le passage,
Des camions plus loin le porteur fait usage;
Puis viennent, au galop, tilbury, phaéton,
Le landau, la tricide, la calèche-bou-ton.
Afin de me sauver, si je tente une issue,
Vingt fiacres à l'instant s'emparent de la rue,
Où souvent, en passant, le traîneau du brasseur
Punit sévèrement ma téméraire ardeur.

Si, croyant éviter cet embarras critique,
Du paisible marchand je longe la boutique,
Un coup inattendu de quelques tombereaux
Me force, en reculant, à casser des carreaux.

. . . .

Mais, bonheur! tout-à-coup la rue se débarrasse;
Je m'élance aussitôt profitant de la place.
Je crois être sauvé. . . . Au détour d'un ruisseau,
Mes yeux restent frappés d'un spectacle nouveau :
Je vois sur le chemin deux énormes carrosses,
Tous les deux attelés de deux chétives rosses,
Que réveille sans fin le long fouet du cocher,
Et qui malgré les coups ont grand' peine à marcher.
Pour damner les humains des pensers diaboliques
Firent certainement ces voitures publiques :
Omnibus est leur nom, et, pour six sous comptant,
En tous sens, en tous lieux ils prennent le passant.
Sur chacun des côtés des bancs sont adossés,
Où seize voyageurs l'un sur l'autre entassés,
D'un pas d'enterrement vont du Louvre à Passy,
De la Villette aux quais, de la Grève à Bercy;
Et sous cent noms divers leur immense étendue,

S'arrêtant en tous lieux, embarrassent la rue.
Aux rosses quelquefois un coup de fouet brutal
Rappelle dans leur cœur l'ancien air martial;
Ne se connaissant plus, lors pleins d'un grand courage,
Au galop dans la foule ils s'ouvrent un passage;
Et leur guide effrayé, laissant aller les rets,
Abandonne la place au gré de leurs souhaits;
Les laissant renverser voitures et piétons,
Casser, rompre, briser; enfoncer les maisons!
Gardez-vous de crier pour un bras qu'on vous casse,
Sûr, on vous punirait de votre folle audace;
Car, en dépit des gens, tous portent le brevet
Qui permet d'écraser par ordre du préfet!
Enfin, pour en finir, veut-on savoir le nombre
Des voitures sans noms dont tout Paris s'encombre?
Soixante mille au moins ne sont exorbitants,
Et sept cent mille est bien le taux des habitants.

.   .   .   .

Eh! qu'en dis-tu, Boileau? que devient ta satire?
De bon cœur à présent tu vas toi-même en rire,
Et, déchirant tes vers, en critique mordant,
Sur le même sujet recommencer un chant,

Plus que jamais rempli de satirique rage.

Pour te venger, tu vas faire un fort bel ouvrage ;

Et ta verve facile, éveillée à ce trait,

Aux Champs-Élyséens va tracer le portrait

De ce Paris fameux, de cette ville immense,

Si fertile en sottise, en folie, en démence !

Non.... ne critique pas.... Sans faire d'autres vœux,

Avec semblables maux nous sommes très heureux.

Que dirais-tu, bon Dieu ! si, parcourant la route,

Tu voyais devant toi, ce qui sera sans doute,

La vapeur, en roulant sur des chemins de fer,

De ce pauvre Paris faire un nouvel enfer !

A. P.